懐郷

Fukuda Toshiko 福田敏子句集

ふらんす堂

序

『懐郷』は、福田敏子さんの第三句集である。

敏子さんの句歴は長く、お子さんの学校のＰ・Ｔ・Ａ役員をされていた時、校長先生の発案で、教頭先生を始めとする教師と保護者の俳句会が立ち上った。指導には「かびれ」同人の大林唐子郎氏があたり、大林氏没後は関成美氏に師事し、平成二年に第一句集『槐の木』（昭和五十年から平成二年まで）を出版された。その後、句文集『山の影』を出版されている。今回の『懐郷』は、平成元年より令和四年までを纏められた句集であり、あとがきによると、句集名は、「寄せ来る年波を考え（中略）〝ふるさと恋し〟の思いを込めました。」とある通り、ふるさとを、祖父母・父母・兄弟や子を恋う句が全編に鏤められている。

祖母の忌と思ふ目覚めに梅匂ふ
五十年はうたかたのごと暑き夏
亡き父の齢かぞへて夜の長し
寒夕焼無性に母の思はれて
子が遠く思はるる日よ花むくげ
ちちははも祖父母も見たる月今宵

一句目は祖母の句である。実家を守っていた祖母との暮しの思いは深く、梅の香に触発されて祖母の忌日を思い出している。二句目は戦災死した祖父の五十回忌の前書きがあり、祖父の忌を盛夏の中で振り返り、長き夜には、出張の多かった父を、真赤な夕焼に母を偲ぶ。

ふるさとやおくらの咲ける朝の庭
離愁いま摘み取りくれし茗荷の子
老いてなほ長子の務め盆来たる
いつしかに遠のく縁いわし雲

第二章の中から、ふるさとの句を挙げてみた。ご先祖を思う敏子さんは富山の生れ。当時は正月やお盆によく生家に帰られた。父親は電気技師で発電所を巡る仕事。その為、家族で地方に長期出張が多く、実家は嫂が守っていたと言う。実家の庭先には、クリーム色の可憐なおくらの花。後ろ髪を引かれる思いで帰る支度をしている日の朝、茗荷の子を摘んでくれたのは、家を守っている嫂であったのだろう。

敏子さんには「雨蛙」俳句会に、創刊時（平成二十四年）より参加して頂き、現在は白雲集同人として課題句部門の選者をお願いしているが、その選句・講評ともに丁寧懇切であり、会員から好評を得ている。

菩提寺である昌平寺に於いて、「寺の文化活動の一環として俳句を取り入れたい」という開基住職・小畑俊哲師の希望で、昭和六十年より深見けん二師を迎えられた。その頃、敏子さんは昌平寺の檀家の役員もされていたので、毎月昌平寺の会議室で俳句の会が開かれるようになると、欠かさず参加され、けん二師の「花鳥諷詠・客観写生」の作風の教えを受けることが出来た。

歎異抄ひもときをれば日脚伸ぶ
温顔の俊哲像や風光る
新緑や昌平寺門入ればなほ
彼岸会や早々くぐる寺の門
昌平寺ここに集ひて年忘れ

俊哲師との突然の別れもあったが、文化活動の一環として始めた昌平寺俳句会は、師との約束通りずっと続いた。敏子さんはその他にも、昌平寺の役員の一人として寺で行われた歎異抄の勉強を始め、その他の文化活動・行事に積極的に参加されていた。

昌平寺の入口正面の庭園には、門徒会建立の開基住職俊哲師の胸像がある。像の左袖には俊哲師を詠んだ「目つむれば今も涼しき師のお声　けん二」の句が刻まれている。句会に来る度、敏子さんはその像の前に佇む。

年立つや俊哲像に先づ詣で
目つむりて冬深みゆく音を聞く

物をよく見よとの教へ水澄めり
師の一語一語を胸に園若葉

以下は昌平寺句会に於いて、けん二師の講評を受けた句の一部である。昌平寺句会は課題句によるが、何れの句も師の教えに添って季題を詠んだ平明な句であり、温かな心の籠った作品群である。

父母をしみじみ思ふ良夜かな
友もまた今宵の月を愛でをらむ
枯れてゆくものに日射しのさんさんと
ポストまで山茶花垣に添ひて行く
音も無く波寄せ返し日脚伸ぶ

尊敬された深見先生は、令和三年九月十五日、九十九歳で黄泉の国へと旅立たれた。次の句は、けん二師を詠んだ句で「深見けん二先生」と前書きがある。

恩師との永久の別れや秋深み

この句集は、三十余年の長い年月から選び抜いた平成・令和を詠んだ句集である。特にコロナ禍以後は目まぐるしいスピードで社会が変化している。同時代を生きて来られた方々には、特に心に響く句が必ず見つかるものと思う。敏子さんには、これからも益々俳句を楽しまれんことを祈念して筆を擱く。

鈴木すぐる

令和四年師走吉日

懐郷／目次

句集
懐郷

平成元年〜十二年

山里や春の小川に鍬浸けて
春水に映り鳳凰堂揺るる

祖母の忌と思ふ目覚めに梅匂ふ

ものの芽に雨本降りとなりにけり

ミサ終へし神父のみ手のあたたかき

ふるさとや旅装を解けば蛙鳴く

春風に仔牛つぶらな目を開く
わが心扱ひかねる春愁ひ

げんげ摘む子どもの頃がゆらゆらと
ゆつたりと真鯉緋鯉や水温む

旅立ちの朝の洗顔水温む

花散れば浮かべて水の流れゆく

古雛の百千の目に見られゐる

高山市日下部民芸館

幸せな刻過ぎ易く四月尽

ややこ抱く娘を伴ひて青き踏む

桃・杏・桜と咲きて信濃かな

槐の花咲き始めしと書き添へぬ

鎌倉・杉本寺

梅雨湿る畳を踏めばくぼみけり

夏至けふと思ひつ旅の半ばかな

耳さとき人のみ聞きしほととぎす

畳なはる青嶺ゆく雲見て飽かず

花菖蒲白に濃淡ありにけり

戦災死した母方の祖父の五十回忌

五十年はうたかたのごと暑き夏

明易の夢に心の乱れけり

ガス燈に浮かび上りて町涼し

形見てふ言葉しみじみ白日傘

香水や好きと言はれし日の匂ひ

蝮の子壜の中から人見をる

母親の実家

十薬の墓地にはびこり家絶えぬ

夏暖炉いつしか人の寄り来たる

余呉の湖背にして撮らる夏帽子

稚内公園

玫瑰や乙女九人の殉難碑

凌霄に帰らぬ人を思ひをり
蟬の殻帽子に溜めて帰り来し

高原の晩夏まま白き雲流る
子が遠く思はるる日よ花むくげ

秋めきて離乳にはかに進みけり

吉岡一作氏逝く

かなかなや永遠の別れの香焚けば

軒深き山の旅籠や法師蟬

こけしの目切れ長にして秋愁ひ

秋の浜思ひ出拾ふごと歩く

秋晴れの野麦峠を女たち

人病めり今宵の月は暈を被て
竹寺の竹にひびける秋の雨

寝しづまる上三之町虫しぐれ

一人飲む夜更けの紅茶虫しぐれ

山下る時をり木の実踏みながら

何せむと生まれしなどと長き夜に

亡き父の齢かぞへて夜の長し
銀杏にかぶれしがそも病みはじめ

吾妻橋駒形橋や秋高し

ちちははも祖父母も見たる月今宵

思ひ出の永代橋や秋の風
旅終る車窓に後の月を見て

柚子を買ふ目的ありて遠出せり

虚子の句碑茂吉の歌碑や草紅葉

壺選ぶ美男かづらを活けむとて
一雨に近づく冬を諾へり

小春日や生れくる子の物買ひに

欠航の札掛けてあり冬めく日

九官鳥ひとを笑はす小春かな

山茶花の日当る門に子を守りぬ

足袋白く主賓となりて冬うらら

このコートわたしの一部始終を知る

布団干してこの歳月の幸不幸

言ひわけを繰り返しゐて息白し

さんさんと冬日を浴びて虚子の像

雪積もる遠山並みを見て飽かず

葛湯吹き夜更けの音にひとりゐる

冬波を見つめて誰も口利かず

ここだけの話に興じ冬うらら

寒夕焼無性に母の思はれて

前山の姿も褒めて冬座敷

冬の蠅朝はむくろとなりにける

冬木立つとことん枝を詰められて

波の音夜通しひびく冬の宿

冬うらら歩き始めし子に拍手

寒月に佇み思ふ父と母

鐘ついて眠れる山をおどろかす

よく効きし昨夜飲みたる玉子酒

水鳥の淋しき声に振り返る

わだかまり心に有りて雪踏める

おごそかに父の忌修す庭に雪

初日の出背筋のばして拝しけり

年酒酌む子から届きし名酒もて
三日はや旅に誘ふ電話来る

白鳥のつけし足跡波が消す
冬ざくら山里はやも昏れてきし

春隣赤子の手足よく動く

平成十三年〜二十二年

紅梅に雨ひねもすや実朝忌

紅梅を見に立ち寄りし子の住まひ

その下に水さらさらと薄氷

下萌や戦火に失せしもの惜しむ

暖かや花舗にくさばな選びゐて

幾度も振り返りつつ斑雪山

三井文庫

雛数多見て来し顔のみなやさし

泣き顔の衛士侍らせて内裏雛

卒業やそのまま街へくり出せり

花束を持つ子持たぬ子卒業す

春風や幼子つれて電車見に
山笑ふ観光客がどっと出て

人来ては春潮に向き腰おろす

花に寄り寄りては離れ蜂の飛ぶ

彼岸入りの寒きは子規の昔より

朝戸繰る既に雲雀の声頻り

見まはせど姿は見えず雲雀啼く

桃の花褒めては人の通り行く

一族の相寄り眠る花の下

みちのくや行く先々に桜見て

新宿御苑

外国語あふれてをりし花の苑

木の椅子にしばらくをりて花の冷え

けん二句碑

句碑の前立ち去り難し朝桜

地下鉄の駅より出でて花眩し

夏に入る海へ出でゆく白き船

それとなく誘ひ出されて母の日よ

子規庵の庭の新緑目を奪ふ

姉夫婦

朝夕に薔薇を愛でつつ老二人

あしたには開かむ朴の花いくつ

十薬のいとひつそりと花盛り

薫風に日米の旗開国祭

風鈴や部屋にややこの熟睡せる

青鷺の飛ぶや大きな声落とす

六月や放生池のささ濁り

長女宅

棟上げの事無く済みし梅雨晴間

薬医門入れば蕺草匂ひ立て

昏れてよりもう一度水打ちにけり

離愁いま摘み取りくれし茗荷の子

蓮の花見し夜は人に優しくす

吟行や被り初めの夏帽子

ビール酌む反省会と言ひながら

湖望む玻璃戸大きな夏座敷

山寺の磴一千や蝉時雨

護摩僧の色鮮やかな夏衣

籐椅子や昏れゆく山と向き合ひて

金魚飼ひ男一人の暮らしかな

兄は

老いてなほ長子の務め盆来たる

竿いつぱい子のものの乾く鳳仙花

秋めける風と思ひつつ吹かれをり

瓢簞を数多生らせて男老ゆ

爽やかに池を隔てて声交はす

背に受ける日差しのぬくく菊日和

ふるさとを遠しと思ふ鰯雲

鵙高音けふも洗濯日和なる

ふるさとやおくらの咲ける朝の庭

秋冷のみなぎつてをり堂の中

秋冷や御廟所までの杉並木

いつしかに遠のく縁いわし雲

旅行かばん肩に故郷の秋の浜

子規の忌の近し夕月高々と

句碑に見る芭蕉直筆草の花

遠方へ人を帰せり十三夜

箱根路に日昏れの迫る芒原

満席のメリーゴーランド天高し

一山に十数ヶ寺や秋深む

山の影山に重なり秋深し

柿干して共に日ざしを浴びにけり

ストーブに火を入れ母の忌と思ふ

浮寝鳥時をり足を動かして
初雪に窓のカーテン開け放つ

凍鶴の水ふくみては目をつむる

童歌いくつも歌ひ春を待つ

おでん種あれもこれもと買ひ過ぎし
見上ぐれば応ふる如く木の葉散る

香煙を身にたつぷりと春隣

冬の蝶人の気配に翅たたむ

北陸にはらから老いぬ氷柱垂れ

寒の水あふれて響く鹿おどし

元日の客を帰して月仰ぐ

正月や海軍カレーてふ食べて

上海へ

初旅や東支那海越えて飛び

気に入りの紬のきもの日脚伸ぶ

声掛けてつい長話日脚伸ぶ

平成二十三年〜二十六年

よべの風開きかけたる梅散らす
友からの優しき便り梅開く

木々の影くっきりと置き下萌ゆる
犬ふぐり歩き疲れの足を留め

界隈の小店をのぞき日の永し

椿落つ余震の続くきのふけふ

武蔵野の春の嵐にたぢろげり
残雪の山に影置き雲動く

蝶来ると見ればすぐ去り又も来し

春眠の夢に父母若かりし

彼岸会のご法話一語一語かな

寂しさの只中にゐて彼岸かな

三百年生きて堂々松の花

逢ひませうの言葉ばかりに春深み

外にでてあまねく桜さくらかな

人ら皆幸せさうに花の下

猿山の猿活発に桜どき

公園のどこから入るも桜かな

咲くと言ひ散ると言ひては花に佇つ
人生は実にさまざま桜散る

秩父路やひと日の旅の青山河

お目当ては今朝水揚げの初鰹

雨近き空や泰山木開く

葉桜や思ひ思ひに家族連れ

歩かう会大方をみな桐咲けり

駅頭に降り籠められて虹の橋

富士裾野雨本降りやほととぎす
葭切と心ゆくまで時過ごす

桜の実こぼるる中や人を待つ

郭公の声を親しく住み古りぬ

早起きの蟻一匹に出逢ひけり

鈴の緒の湿りを帯びて木下闇

蛍火の弱々しくも相寄りぬ

赤紫蘇に指染め一日物書かず

朝曇り見えぬ立山拝しけり

秋晴や信徒一行信濃路へ

恩顔やはや再びの盆来たる

雨の日のわけても多く盆過ぎぬ

虫時雨今宵加はる鉦叩き
がやがやと萩のトンネルくぐり行く

店頭に並ぶ鰯の青光り

虫聞いて正に一人の夜と思ふ

一鉢の我が家の小菊まだ蕾

月今宵おわら踊りに更けゆけり

振り向けば人も振り向く月の道

居待月いま昇りける東山

霧の中裾引く富士に目を凝らす

甲斐・駿河旅して戻る十三夜

あの頃が無性に恋し十三夜

物をよく見よとの教へ水澄めり

立ち止まる我が影とどめ草紅葉

初物の柿を食べつつ子規思ふ

刻々と昏れてゆくなり真葛原

句の道を遅々と歩めり翁の忌

殿塚も姫塚も古り落葉積む

冬の空叩けば音のするやうな

奥宮へ励まし登る七五三

浅草寺

本堂の改修成りて小春かな

しみじみと母を思へり石蕗の花

雨上り俄に数の都鳥

伝法院扉を固く冬紅葉

富士山を真向に見て布団干す

園児らにそれぞれの親冬帽子

天心の寒満月に立ちつくす

熱燗や壮齢の父ありありと

母の忌のひと日をここに枯木宿

昌平寺ここに集ひて年忘れ

足早に僧の行き交ふ寺師走

遠山の雪くれなゐに入日かな

添書きを又読み返す賀状かな

初富士や雲一片も寄せ付けず

大寒や出勤の子を労ひぬ

武蔵野に雪降る夜の深眠り

推敲に時かけてをり夜の雪

岩風呂や時に粉雪舞ひ込める

平成二十七年〜令和元年

山男ここに眠れり春の山

料峭や西行塚の跡に佇ち

いささかの買物提げて日の永き
時ならぬ淡雪となり日もすがら

下萌えやけふ新しき靴履いて
幼児を連れて散歩やいぬふぐり

片栗や夢かとばかり咲き競ひ

親鸞像へ枝さし伸べて梅の花

庭の梅風に吹かれて友は亡き
留守がちのこの家の椿いま盛り

温顔の俊哲像や風光る

トンネルを出づるや否や春の海

ふるさとの教師になると卒業す

後になり先になりして蝶と行く

改札に人待ちをれば初燕

遠足の列正しても正しても

連れられて子にお任せの花の旅

花曇り部屋に墨の香たち込めて

魁夷の絵まじまじと見て桜の夜

囀に耳を預けて物を干す

朗々たるお文拝聴蓮如の忌

一面に落花を浮かべ東川

はるばるとただ葭切に逢ひたくて
夏めくや夕日いま落つ日本海

母の日といふを知らずに逝きし母

山門を入るやしたたる若楓

水の面の緑に染まりあづま川

竹落葉一ひらづつに嵩をなし

戦犯の話しみじみ梅雨の寺

夏帽子大きく振つて別れけり

つと向きを変へて走れる蟻ひとつ

夕暮をひたすら急ぐ蟻一つ

古日傘子育ての日々よみがへる
子の住める方に上がりて大花火

寺領よく整へられて夏木立

盆来たるはらからは皆身まかりて

園残暑はな子を悼む人の列

初萩や有るか無きかの風に揺れ

この町に齢を重ね菊日和

友もまた今宵の月を愛でをらむ

父母をしみじみ思ふ良夜かな

ベランダへ椅子を持ち出す良夜かな

旧交をあたためてをり秋彼岸

俊哲像ほほ笑み御座す秋彼岸

『小畑俊哲』昌平寺開基住職

初鴨の一途な姿着水す

月天心昼の嵐に洗はれて

粧へる安達太良山をうち仰ぐ

立ち遅れゐたる一樹も黄落す

ふるさとを出でし日のこと後の月

友は

百寿なる句集上梓や秋高く

遠くから我名呼ばるる十三夜

明日離るる町を一巡十三夜

国分寺跡なる大き花野かな

仏前に新米飯や湯気ほのと

墨の香を部屋いつぱいに秋励む

秋晴や伊豆の山々見はるかし

久々や今炊き上がるぬかご飯

伊東から蜜柑を山と俊哲忌

為すことの皆ちぐはぐや日短

早逝の母の忌日や小六月

寒月や父の忌日と思ひつつ

日暮るると動き始めし焼芋屋

振り向けば冬満月の今昇る
強霜のくまなく基地を覆ひたる

歎異抄ひもときをれば日脚伸ぶ

鴨一羽翔ち一斉に皆翔てり

数知れぬ鴨一斉に翔び立てり
落葉掃き終へてふるさと後にせり

寒き朝わけても祖母の恋ひしかり

冬夕焼殊に雄々しき富士の山

枯れてゆくものに日射しのさんさんと
ひねもすを日差し豊かに冬至かな

初風呂やまだ明けやらぬ山裾に
一水を隔てて賀詞を交はしけり

ゆくりなく来て早梅の五・六輪

令和二年〜四年

足早に余寒の園をひと巡り

春寒を言ひつつ好きな池ほとり

彼岸会や早々くぐる寺の門

我に一つ励むこと有り初桜

山国や音高らかに春の川

東風吹いてわけてふるさと思はるる

川沿ひをゆつくりと行く春日傘

屯して声も立てずに春の鴨

朝夕に見守りたるが今巣立つ
朝窓を開ける紅白花みづき

潮風に凛として立つ若緑

職了へて安堵の吾子や春深し

毎日が予定に埋まり春深し

採りたての筍抱へ馳せ来たる

満開の薔薇園の前去り難し

新緑や昌平寺門入ればなほ

師の一語一語を胸に園若葉

一日を句に遊ばむと梅雨の間

池端に糸とんぼ追ふ師の眼

就職の男の子は遠し蝸牛

今年また梅干し漬けて一つ老ゆ

水遊びの後始末する母若し

郭公に励まされつつ家を出る

柿の花咲きふるさとの懐かしき

予期せぬに友二人よりさくらんぼ

目を閉ぢてしばし滝音聞きをりぬ

ゴールは無し行く手明るき雨蛙

梅雨明けを待たず猛暑に攻めらるる

夕焼や富士はわけても厳かに

全身にしみ入るばかり蟬の声

蟬の音に更に重なる蟬の声

懐郷やコロナ・酷暑にさいなまれ

日もすがら緩ぶことなき秋日和

名を知らぬこの一木の初紅葉

深見けん二先生

恩師との永久の別れや秋深み

久闊の友へと電話小春かな

ポストまで山茶花垣に添ひて行く

山茶花の垣をめぐらし寺閑か

謂れなき淋しさにをり石蕗の花

山茶花散る通り慣れたるこの小道

冬波や立ち上りては迫り来る

煮凝に晩酌の父ありありと

息白し追ひかけられつ追ひかけつ

口遊む「一茶のおぢさん」一茶の忌

出港のドラの音に翔つ都鳥

裸木となりてその名を分かり得ず

蠟梅園気の済むまでをここに居る

目つむりて冬深みゆく音を聞く

寒雀この一木に屯せる

音も無く波寄せ返し日脚伸ぶ

蠟梅と同じ日差しを浴びてをり

年立つや俊哲像に先づ詣で

大寒やぬくき物食べ出かけ来し

海よりの風に育ちて水仙花

水仙の気迫をこめて咲きにけり

長女　聡子

立ち昇る大き炎や厄払ひ

あとがき

この句集は、私の第三句集となります。が、人様に誇れるものではありません。寄せ来る年波を考えた、私の思いつきに他なりません。

表題を「懐郷」としまして、〝ふるさと恋し〟の思いを込めました。

こんな拙い句集の為に、ご多忙を極めていらっしゃる鈴木すぐる主宰に、選句その他、お手数の限りをお掛けして、大変申し訳なく思っております。

私の俳句の原点は、当時、長男が通っていた小学校のＰ・Ｔ・Ａです。時の校長先生の発案で句会が立ち上り、教頭先生他、数名の先生方と保護者十余名ばかりの顔ぶれです。指導は同じ大田区内の池雪小学校の校長先生であられ、結社「かびれ」の同人、大林唐子郎先生でした。

思えば、長い俳句との関わりの始まりでした。が、大林先生は僅か五年ばかりでご逝去されました。その後を受けて下さいました関成美先生のご指導のもとで、勧められて第一句集を平成二年に作りました。

その後、数年の放浪を経て、菩提寺「昌平寺」で、深見けん二先生のご指導を頂くことができました。

そうこうしながら、第二句集として『山の影』を作らせて頂きました。

時を経て深見先生は晩年を、鈴木すぐる先生に託されました。そんなご縁で、私も長らくお世話になっております。

鈴木先生には、今回の『懐郷』の為に、随分ご苦労をおかけいたしました。その上、身に過ぎるご序文も頂戴いたしまして、お礼の申し上げようもありません。

思わぬ動機で始まった私の俳句ですが、長年にわたって学び、楽しむことができたのは、生涯何よりの幸せと、深く感謝しております。

末筆ではありますが、ふらんす堂の皆様には細やかなご配慮を賜り、心からお礼を申しあげます。

令和五年初春

福田　敏子

著者略歴

福田敏子（ふくだ・としこ）

昭和10年　７月12日生れ
昭和47年　大田区柏句会で大林唐子郎先生に師事
昭和50年　「多磨」俳句会入会
昭和52年　「多磨」俳句会同人
平成２年　句集『槐の木』出版
平成17年　句文集『山の影』出版
平成24年　「雨蛙」俳句会入会
平成25年　「雨蛙」俳句会青雲集同人
平成29年　「雨蛙」俳句会白雲集同人
　　　　　現在に至る

俳人協会会員

現住所　〒359-0042　所沢市並木7-1-5-404

句集　懐郷　かいきょう

二〇二三年四月二八日　初版発行

著　者――福田敏子

発行人――山岡喜美子

発行所――ふらんす堂

〒182-0002 東京都調布市仙川町一―一五―三八―二F

電　話――〇三（三三二六）九〇六一　FAX〇三（三三二六）六九一九

ホームページ http://furansudo.com/　E-mail info@furansudo.com

振　替――〇〇一七〇―一―一八四一七三

装　幀――君嶋真理子

印刷所――明誠企画㈱

製本所――三修紙工㈱

定　価――本体二六〇〇円＋税

ISBN978-4-7814-1542-0 C0092 ¥2600E